재찬당

가대의 원

민윤송아

진아

윤 진아

선배,
그립스틱
바르지 마요

PHOTO ESSAY

선배, 그립스틱 바르지 마요

PHOTO ESSAY

jtbc studios 지음

위즈덤하우스

윤송아 (원진아)

28세, 화장품 브랜드 'KLAR' 마케터 3년 차.

순한 외모 탓에 사람들이 편하게 다가오기도 하지만 누군가는 얕잡아보기도 한다. 그러다 똑 부러지게 따지는 모습에 제대로 큰코다친 사람 여럿이다. 은근히 성깔도 있고, 강단도 있고, 리더십도 있다. 화장품 마케터로서 누구보다 일을 진심으로 사랑하며, 언젠간 제 브랜드를 런칭해 보고 싶은 꿈도 있다.

속내는 잘 드러내지 않는 편이다. 그래서 곪은 상처가 있을 것이라곤 누구도 알지 못한다. 심지어 그 상처와 관련된 엄마조차도. 그 탓에 엄마와의 관계는 평범한 모녀와는 조금 다른 편이다.

팀장인 재신과는 2년째 사내 비밀 연애 중. 그런데 어느 날 그걸 회사 후배에게 들킨 것도 모자라 더 청천벽력 같은 소리를 듣는다. 일순 '아끼는 후배'에서 '그녀를 좋아하는 남자'로 선을 넘은 현승.

스물여덟. 송아에게 사랑은 시련인지 기쁨인지 알 수 없다.

채현승(로운)

27세, 화장품 브랜드 'KLAR' 마케터 1년 차.

고작 1초 만에 반하게 할 잘생긴 얼굴은 현승에겐 매력조차 될 수 없다. 오만을 모르는 자신감, 바른 가치관, 몸에 밴 여유, 가식 없는 배려. 거기에 위트에 센스까지. 한마디로 '잘 자란 사람'. 현승은 고작 1분의 대화만으로도 그와 더 가까워지고 싶게 하고, 10분이면 인생을 걸고 싶어질 정도로 매력 넘친다.

덕망 높은 판사 아버지와 스타급 웨딩드레스 디자이너인 어머니에게서 바른 가치관을 배웠으며, 다정한 누나들에겐 사랑을 듬뿍 받았다. 그래서인지 현승은 또래보다 생각이 깊고, 두려움 없이 덤벼들 줄 알고, 결과가 어떻든 도망치지 않는 사람으로 자랐다.

이런 현승의 진가가 더 폭발하는 건 그가 '남자'일 때. 현승은 사랑도 아주 진중하고 진지하게 할 줄 아는 '좋은 남자'다. 그런데 정작 그런 매력을 짝사랑 중인 '선배'만 몰라준다. 그저 어미 닭처럼 초지일관 키워주고 지켜줘야 할 햇병아리를 보듯 현승을 볼 뿐.

그녀는 현승 인생의 최초의 시련이라면 시련이다. 그런데 송아의 상처를 그녀보다 먼저 보게 된다.

첫 만남

혹시 상담 받으러 오셨어요?

네. 그렇긴 한데.

그거, 잘 어울려요.

그럼 다음엔 회사에서 뵙겠습니다,

윤송아 선배님.

Chapter 1

나, 못 접겠다.
이 짝사랑

현승 ABM은 이제 혼자 해도 되겠네.

딴 팀 신입들은 아직도 헤매던데.

좀 뛰어나긴 하죠. 누가 가르쳤는지.

선배가 가르쳤죠.

왜 현승 씬 생일을 우리랑 보내?

좋은 사람 많을 텐데.

전 여기가 제일 좋아서요. 좋은 사람도 제일 많고.

누구 연락 기다려요?

술 많이 마셨어요?

애기 잘 됐냐고는 안 물어봐?

당연히 잘 됐겠죠. 누가 나선 건데.

좋아하는 사람 있었어?

난 그것도 모르고,
한심하다, 진짜.

오셨나 보네.

알아? 저 사람들?

우리 손님. 왜 너도 아는 사람들이야?

나, 못 접겠다. 이 짝사랑.

Chapter 2

선배,
그 립스틱
바르지 마요

주말 잘 보내셨죠, BM님?

채현승 씨도 잘 보냈죠?

아뇨, 전 잘 못 보냈습니다. 못 볼 걸 봐서.

대체 BM님한테 왜 그러는 거야?

일단 참아볼게요. 들키기 싫을 거니까.

뜬금없이 그건 무슨 소리야?

이건 아니다 싶으면,

그땐 못 참아요.

……지키고 싶으니까.

오늘 저녁 약속 말이야. 정말 미안해.

일 때문이면 할 수 없죠.

회의 늦겠다, 얼른 가 봐요.

⋯⋯.

선배!

여, 여기서 뭐 해?

저녁에 시간 돼요?

중요한 일이 있어서요. 선배한테 꼭 보여줘야 할.

다 들었거든요.

선배가 좀 전에 애인으로 추정되는 놈한테 까이는 거.

앞으로 까일 거에 비하면,

아까 그건 아무것도 아니지만.

하나도 안 어울리네.

선배.

그 립스틱 바르지 마요.

Chapter 3

나랑
연애해요

대체 여기가 어디인데?

기회는 있어야죠!

선배가 자신을 지킬 기회는.

피하지 마요.

강한 사람이야.
그게 아프지 않다는 뜻은 아니지.

이제 기다려줘.
선배가 선택할 수 있을 때까지.

언제 실력 한번 보여줘요.

그럼 진짜 한 게임 하실래요?

안 봐드릴 겁니다.

기대하죠.

우리 사귀는 거 밝힐래요?

내가 드러나면 안 될 존재처럼

여겨지는 게 싫어요.

내가 그렇게 아무것도 아냐?
나한테 대체 왜 이러냐고!!

어떻게 해야 그 자식한테

갚아줄 수 있는 건데?

내 말대로 할 거예요?

애기나 해.

같이 해요, 나랑.

나랑 연애하죠, 선배.

네 말대로 하는 일 절대 없어.

그건 봐야 알고요.

피한다고 달라지는 건 없어요.
그럴 시간에 부딪쳐요, 차라리.

진짜 정리할 마음이 있긴 해요?

아님, 기대하고 있는 거예요?

난 사랑을 한 건 줄 알았는데,

사기를 당한 거였나 봐.

Chapter 4

좀 심쿵한 거
같은데

날 우습게 보는 건가?

사수인 제가 가르친다고 가르쳤는데.

제가 더 옆에 끼고 제대로 가르쳐 보겠습니다.

걱정하지 마요, 선배 발목 안 잡을 거니까.

근데 그것까진 장담 못 하겠다.

선배가 나한테 진짜로 빠져버리는 거.

좀 심쿵한 거 같은데.

송아랑 나,

그렇게 쉽게 끝날 사이 아냐.

선배가 아니라고 할 땐 진짜 아닌 겁니다.
잡을 수 있는 기회는 지났어요, 이미.

병원 안 가도 되겠어?

아뇨. 병원보단 나 좀 선배가 옆에 꼭 끼고 다녀요.

안에서든, 밖에서든.

단 한 번도 너한테 진심 아닌 적 없었어.

아니었담 더 쉽게 너한테 얘기했을 거야.

끊어냈어야지.
너야말로 나한테
티끌만큼의 진심이 있었다면

놔요, 당장.

송아야!

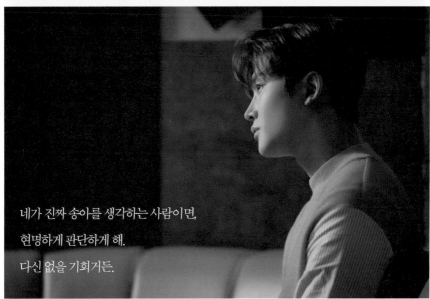

네가 진짜 송아를 생각하는 사람이면,

현명하게 판단하게 해.

다신 없을 기회거든.

선배!

왜 이렇게 늦게 왔어.

보고 싶었어요.

Chapter 5

선배라서
좋은 거예요

안 돼요.
절대. 그냥 가면 안돼.

「내일부터 우리 모르는 사이다.

절대 아는 척하지 마!!!」

앞으로 선배 없이도 잘해야 하니까.

나 없이도?

나 계속 있을 것 같은데?

나 안 가. 안 간다고, 유럽.

넌 내가 왜 좋아?

처음엔 그저 한 번 더 보고 싶다.
다시 볼 수 있으면 좋겠다.
그런 마음이었어요.

선배 생각, 행동, 표정,
하나씩 알아갈 때마다 좋았어요.
더 궁금해지고, 더 가까워지고 싶고.

그냥, 선배니까. 선배라서 좋은 거예요, 난.

근데 저희 왜 도망친 거예요?

그러게. 왜 도망쳤지?

내가 여기로 선배 보러 왔던 게

엊그제 같은데.

이따 끝나고 보자.

약속 있어.

"……."

가요, 선배.

딱 5분만 이러고 있을게요.

Chapter 6

멀어지지 마

이제 진짜 마음 접어볼게요.
진짜 멀어져 볼게요.

우리 사이에 웃음이 없어졌다는 게 싫으면,

나쁜 거지, 내가?

나 그냥 나쁜 거 할래.

멀어지지 마, 나한테서.

나한텐 자신이
그것밖에 안 소중하냐고 해놓곤
가만 보면 현승 씨가 더 소홀해.
좋다. 선배한테 혼나니까.

천천히 와도 돼요.

근데, 나한테 오면 예쁜 사랑하게 해줄게요.

울어도 돼요.

좋아해. 네가 좋아, 나도.

Chapter 7

고마워요

고마워요. 나한테 와줘서.

고마워. 기다려줘서.

그 말도 다 뻥이겠네? 예쁜 사랑 어쩌고 한 거.

그 말에 넘어왔구나?

난 사랑에 다 걸고 싶지 않아.

되기 싫어, 엄마처럼은.

그래도 돼요, 선배는.

다 거는 건 내가 하면 되니까.

요즘 매일이 꼭 꿈꾸는 것 같아요.

선배하고 같이 하루를 시작하고….

선배한테 내 마음을 내보여도 되고….

선배로 시작하는 또 다른 하루를
기대할 수 있다는 게….

몰래 데이트, 이런 거 기대했어요?

데이트는 끝나고 하자.

자, 안겨.

역시 선배는 달라.

나 선배거든?

지금은 여친이지.

Chapter 8

우리 일이잖아요

언제 어디서든 난 계속 선배 옆에 있을 거니까

힘들면 지금처럼 기대요.

'우리' 일이잖아요..

나도 의견 내도 돼요?

당연하지. '우리' 일인데.

우리 현승 씨가

인턴으로 왔을 때가 엊그제 같은데.

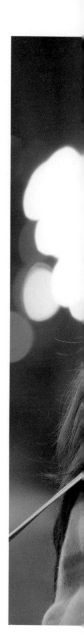

선배는 나랑 뭐 하고 싶은 거 없어요?
난 꼭 선배랑 사계절 느껴보고 싶어.

봄엔 벚꽃 보러 가고.

여름엔 바다 보러 가고.

가을엔 단풍 보러 가고.

겨울엔 눈 보러 가고.

"......"

선배 혼자 가기로 결정하면,

난 그냥 받아들이라는 거예요?

미안해. 나 가고 싶어, 현승 씨.

Chapter 9

우린 서로가
다른 사랑을 했다

우린 서로가 다른 사랑을 했다.

그는 볼 수만 있다면

무엇이든 감내할 수 있는 사랑을 했고.

나는 그저 보기 위해서

버티고 견뎌내려 하는

그의 사랑을 이해하지 못했다.

계속 이해할 수 없을 줄만 알았다.

넘어지든, 부딪치든.
무슨 힘든 일이 있어도
붙잡고 있기만 하면 되는 거였는데.

그땐 그게 얼마나 크고

감사한 일인지 몰랐던 거지,

바보같이.

그냥 볼 수만 있으면 좋겠어.

왜 이제 왔어?
보고 싶었는데.

미안해,

아직도 좋아해서.

내 목숨이 그렇게 소중했어요?

의리는 있네.
의리만 있는 건 아닌데.

이래서 마음 숨길 수 있겠어요?

나 한번 꼬셔 봐요, 선배.

Chapter 10

우리,
매년 함께

나 지금 잘하고 있는 거야?

현승 씨 꼬시는 거.

좋아한다고도 말할 수 있고, 같이 있을 수도 있고,

고마워. 핑계 만들어줘서.

미안해. 현승 씨한테 상처 줘서.

나 현승 씨 보고 싶어서
돌아온 거야.

너무 보고 싶고,
목소리 듣고 싶은 거
더는 못 참겠어서.

선배.

키스해도 돼요?

사랑해.

신기한 것 같아.
사람한테 가장 상처 주는 게
사람인데,
또 가장 그 상처를
치유해줄 수 있는 것도
사람이란 게 말이야.

나도 현승 씨한테 좋은 사람이면 좋겠어.

언제든 기댈 수 있게.

나 현승 씨 없인 못 살아, 엄마!

어머님 저도 송아 없이 못 살아요.

우리 봄 오면 벚꽃 보러 갈까?

그래. 어디로 가지?

여름엔 바다 보러 가자.

가을엔 단풍 보러 가고,

겨울엔 눈 많은 곳 가고.

매년.

"⋯⋯."

매년 하자, 우리.

매년 함께.

Behind

선배, 그 립스틱 바르지 마요 를 만든 사람들

제공·제작 **JTCC studios**

・**출연** 원진아 로운 이현욱 이주빈 이규한 왕빛나 이지현 하윤경 강혜진 안세하 양조아 김한나 김혜인 김광규 이동하 최정원 전국환 백성철 박한솔 김서하 권한솔 ・**아역** 박소이

・**제작** 김지연 ・**극본** 채윤 ・**연출** 이동윤 라하나 ・**스틸** 민지희

・**총괄프로듀서** 김세아 ・**기획프로듀서** 최지은 ・**프로듀서** 김다희 박우람 김보름 ・**촬영** 김선철 조영천 추경엽 양정훈 이진근 ・**포커스풀러** 오중권 신대균 윤여준 임지훈 ・**촬영팀** 김현수 김연진 정우성 곽소정 이예은 김도훈 유성민 이준우 이종빈 한호성 안나현 이득규 조대현 ・**촬영장비** ㈜에이캠디지털시네마 ・**데이터매니저** [오온] 김미경 박준영 노종탁 박민아 ・**조명** 윤경현 추경엽 ・**조명1st** 추용현 정지운 ・**조명팀** 양명희 김재승 윤재원 김지영 박슬기 황영빈 오태양 신승민 ・**발전차** [털보네발전차] 박선열 이상열 ・**동시녹음** [153pictures] 이시복 [정도녹음] 이재의 ・**붐오퍼레이터** 박기성 지명헌 ・**라인맨** 이기원 최연선 ・**그립** [무브테크] 한기성 김민제 김강현 김성규 [로드무비] 전승환 강두원 강대현 ・**캐스팅** [캐스트밴드] 박병철 황은희 ・**아역캐스팅** [배우마당] 임나윤 엄이슬 ・**보조출연** [레오폴드T&S] 류귀영 이재평 [케이에스콘텐츠] 이상완 신성만 최형운 ・**무술** [치구박구] 배재일 김철구 ・**미술** [MBC아트] ・**미술감독** 이수연 ・**세트디자이너** 김혜진 세트팀 [프라임아트] 김진희 지윤현 김만중 ・**소품** [공간] 최병욱 문원기 한민주 이미지 김현정 우다영 ・**소품인테리어** 전승민 ・**웹디자이너** 김해란 의상 [메이드바이문] 문보경 안연경 김윤경 김지영 ・**분장미용** [메이크업스토리] 최경희 차상애 박다운 김남지 김수정 ・**특수효과** [디앤디라인] 도광섭 도광일 ・**스탭버스** [지혜여행사] 이현석 [우주항공여행사] 백승현 ・**봉고배차** [빵빵] 방승희 ・**연출봉고** 정호중 이승현 ・**카메라봉고** 윤태수 이재우 김운호 장헌봉 ・**소품차** 임락중 의상차 이승규 ・**특수차량** [(주)액션카] 고기석 ・**렉카** [월드렉카] 정원종 ・**세트장** [와이케이미디어] ・**편집** 이현정 이수용 ・**편집보조** 김나연 강세나 ・**음악** [무비클로저] ・**음악감독** 김준석 정세린 ・**음악팀** 구본춘 이윤지 노유림 김현도 신유진 김정완 정혜빈 유소현 김도은 김태진 ・**OST제작** [㈜블랜딩] ・**OST프로듀서** 구교철 ・**믹싱** [studio 26miles] ・**Sound supervisor/mix** 오승훈 ・**Dialogue design** 오승훈 박윤정 정태진 박수현

노다슬 •Sound effect 문성용 노효민 김상윤 •C.G [이든이미지웍스] •VFX supervisor 하상훈 김세린 조은희 •Compositor 신세희 방희진 함동일 최아름 박지숙 강수현 김나혜 김나랑 손혜은 •D.I [DEXTER THE EYE] •Colorist 김일광 •Assistant Colorist 김자남 서강혁 •**종합편집** [JTBC미디어텍] 남보민 기술지원 [JTBC기술기획팀] 박연옥 김석본 김보경 박진우 안종현 •**JTBC홍보** 정지원 조유진 •**JTBC콘텐트마케팅** 한정은 박세라 •**JTBC스튜디오컨텐트솔루션** 오승환 김민기 장형규 •**JTBC웹기획** 이성미 이호진 •**JTBC웹운영** 강예은 오지선 •**JTBC웹디자인** 강미영 •**JTBC메이킹** 배다영 •**JTBC미디어컴** 정현진 심으뜸 권수영 •**JTBC온라인서비스** [퍼블리싱1팀인코딩실] •**온라인홍보** [프리엠컴퍼니] 이혜원 정예린 오은별 •**홍보대행** [한남언니] 장민정 심나래 이수정 •**스틸** 민지희 김현주 •**메이킹** 김재원 정인우 •**티저/하이라이트** 이다은 •**타이틀** [언디자인드뮤지엄] •**포스터디자인** [베가스태프] 강현섭 •**포스터사진** 이승희 •**대본인쇄** [엔젤북스] **보조작가** 전예지 •**JTBCSTUDIOS행정팀** 우상희 김선이 •**총괄마케팅** [킹스크리에이티브랩] 주지성 현진오 박은하수 [인터오리진] 김형석 김예진 •**제작PD** 이희원 남경민 •**라인PD** 최슬기 김태산 섭외 [워킹뷰] 이경환 김명환 나성원 •SCR 송수진 심수지 •FD 이상현 김민수 양선정 우예빈 김상철 최창익 박애림 •**내부조연출** 민혜경 •**조연출** 양승현 황현민 박종훈

선배, 그 립스틱 바르지 마요 PHOTO ESSAY

초판 1쇄 발행 2021년 3월 25일 **초판 2쇄 발행** 2022년 9월 29일

지은이 JTBC studios
펴낸이 이승현

웹소설1 팀장 오가진
편집 오가진
디자인 김태수

펴낸곳 ㈜위즈덤하우스 **출판등록** 2000년 5월 23일 제13-1071호
주소 서울특별시 마포구 양화로 19 합정오피스빌딩 16층
전화 02) 2179-5600 **홈페이지** www.wisdomhouse.co.kr

ISBN 979-11-91425-83-3 03810